나를 낮춰 너를 보리라

한국정형시 015

나를 낮춰 너를 보리라
ⓒ 김혜원, 2021

1판 1쇄 인쇄 ∣ 2021년 05월 03일
1판 1쇄 발행 ∣ 2021년 05월 10일

지 은 이 ∣ 김혜원
펴 낸 이 ∣ 이영희
펴 낸 곳 ∣ 이미지북
출판등록 ∣ 제324-2016-000030호(1999. 4. 10)
주   소 ∣ 서울특별시 강동구 양재대로122가길 6, 202호
대표전화 ∣ 02-483-7025, 팩시밀리 : 02-483-3213
e - m a i l ∣ ibook99@naver.com

ISBN 978-89-89224-52-5   03810

나를 낮춰 너를 보리라

김혜원 시조집

이미지북

"새아침
교실문 드르륵
야!
희기도 하지
선생님 얼굴에 주름 잡힌 이마
살며시 펴지며
웃음꽃 피네"

초등학교 시절 밀양 읍내에서 해마다 열리는 축제 백일장에서 「꽃」이란 작품으로 상을 받았습니다. 이 시구는 오늘의 나를 만들어준 희망의 큰 산이 되었습니다.

내 목소리가 담긴 시조집 한 권 갖는 것이 소원이었습니다. 한 구절 시가 누군가의 마음에 가 닿는다면 좋겠습니다.

보고 싶고 그리운 얼굴들이 있습니다. 하늘나라에서 첫 시조집 발간을 누구보다 축하해 줄 거라 생각합니다.

시인의 길에 아낌없는 격려와 매서운 채찍질을 해 준 여러분들께 진심으로 감사의 마음 전합니다. 그리고 기쁨도 함께 나누겠습니다.

2021년 늦은 봄날에

김혜원

나를 낮춰 너를 보리라

제2부 ｜ 감꽃 목걸이

제3부 | 조팝꽃 사랑

밀양   통신

연꽃과 청개구리

한 마리 청개구리
연잎에 앉았다가

연못에 뛰어들까 말까
고민하는 잠깐 사이

고요는 더 깊어지고
물결은 더 높아졌다

옛집

사람의 발길 소리 끊어진 지 오래된 집

홍매의 붉은 마음 혼자만 지켜보다

사람이 너무 그리워 쥐똥나무 키 올린다

앞마당 잔디밭엔 미친 여자 쑥대머리

키 큰 개망초잎에 바람들만 놀다 가고

마루 밑 검정고무신 옛 주인을 기다린다

한 달에 한두 번쯤 손님처럼 왔다 가며

어설픈 눈길만 준 울타리 밑 민들레야

언제쯤 살림을 풀고 애틋하게 눈 맞출까

능소화 편지

외로운 날의 눈물
홀로 서지 못합니다

주홍빛 향기 두고
차마 울지 못합니다

가슴에
못 묻는 답장
바람으로 띄웁니다

매미 울음에 대하여

날 새면 울어야지
소리 질러 울어야지

눈물이 있었다면
벌써 강이 됐을 텐데

한여름
만 평 그늘에
장대비가 내린다

자판을 두드리다

톡 타닥 어설프게 내 마음을 두드리면

손가락 마디마디 전율이 전해 와서

처음 본 그날 이후로 너에게만 접속했다

지구 반대편이나 어디 외계로 보낸

불명예 징표 같은 속말의 흔적들이

고통의 무른 어깨에 뜸자리로 남았다

밀양 통신

5월은 모든 것이 다 열리는 달일까요
칩거한 우리 찻집도 예감이 좋습니다
흥부네 제비 들듯이
먼 데 손님 드십니다

이제는 박꽃 웃음 폭죽처럼 터질 때면
잘 여물 희망 위에 또 다른 마음 얹어
하나씩 실사 출력해
울타리에 걸렵니다

무늬만 찻집이지 식당과 같은 이 곳
실력도 낯 뜨거운 무명의 이름일지라도
오롯한 시인의 깃발
높이 치켜 올립니다

상추쌈을 하면서

밥 한 술 된장 얹어
상추쌈 입에 넣고
볼때기 미어질 듯
꾸역꾸역 삼키자니
그 사람
잘도 넘기던
눈웃음이 피어나네

가거든 오지 말고
오거든 가지 마라
언덕 저편 손짓하던
그 모습 꿈만 같아
가시나
문디 가시나
속울음을 삼키네

피안의 당신

언제는 꽃 향기 핀
그 살결을 끌어안고

또 한날은 몸부림에
밤을 새운 미망인데

강 저쪽
건너간 당신
배를 띄워 보낼까

그 여자의 가을

어머니 무릎 위에 내 머리 누이고는

염치없이 올라오는 새치를 뽑아 내다

딸자식 허물까지도 볕뉘처럼 골라낸다

유년의 오동나무 몇몇 봄을 보냈을까

가을 볕 그림자가 길어지는 오후 네 시

거울 앞 쪽을 진 여자 한 생을 빚고 있다

차나무 아래 앉다

한나절 찻잎 따다
도둑 소나기 만나

작은 차나무 아래
몸 낮춰 비 피하니

한순간
넘친 마음도
그 아래로 앉는다

나를 낮춰 너를 보리

꽃 피는 봄날이면 연둣빛 너도 보여
햇살에 춤을 추듯 바람에 술렁이듯
이 돌산 찾는 발걸음
잎잎마다 축복이다

손끝에 전해지는 보드라운 너의 감촉
무딘 손 여린 살을 신명 나게 보듬다가
뜨거운 무쇠솥에서
생잎 덖는 사랑놀이

비비고 솎아내고 말리는 멍석 위에
상처나 진한 향기로 보답하는 너의 헌신
찻자리 아득한 향기
나를 낮춰 너를 보리

연꽃 바람

백련 꽃 그늘 아래
여름이 숨어 놀다

짓궂은 장난기로
귓불을 간지럽힌다

온 천지
춤추는 향기
연꽃 바람 극락이다

택배

택배기사 수고로움에 고마움 전하고파
급하게 사발 들고 뛰쳐나온 그 순간
사발도
사람도 나뒹굴며
바닥을 내리쳤네

무심한 기사양반 뒤도 돌아보지 않고
물건만 내려놓고 도망치듯 가버렸네
바닥 친
사발과 사람
그 곁에 밀감상자

깻잎

햇살이 슬금슬금 내 허리 감싸오면
아낙네 웃음소리 천장 높이 올라가고
날마다 키운 깻잎들 정성으로 팔려갔다

하우스 불빛으로 뒤척이는 밤잠에도
꽃 피고 씨앗 맺어 영원할 것 같더니
어느 날 뭉개져버린 깻잎 한 장 내 기억

감꽃 목걸이

어머니의 마늘

잘 여문 씨마늘을 하나하나 쪽을 낼 때

당신은 병실 한 켠 세상 시름 놓으시고

서너 평 눈물의 땅에 마늘밭을 일구었다

혹한의 겨울나기 몸은 벌써 문드러져

촉 내고 새끼치고 알싸한 맛 되기까지

그 매운 세상살이를 고랑 치듯 살아왔다

손가락 마디마디 굽은 길 놓던 세월

마늘 엮듯 접을 지어 시렁에 걸어두고

때까치 울어대는 날 오시는 듯 가셨다

잡초 만발

저 잡초 다 뽑아야 내 속이 후련하지

세월의 무게만큼 휜 허리 그 자세로

천 근의 발걸음 떼며 텃밭으로 향했다

별빛도 뒤척이는 세 시의 새벽 마실

한숨 반 잡초 반인 그 밭엔 왜 나가서

당신은 누구를 위해 떼를 가꿔 두셨을까

헌혈에는 자신 없어 뜬눈으로 지새던 밤

그날의 모기들은 아직도 여전한데

어머니 발길 끊긴 땅 잡초꽃만 만발했다

동전지갑

지갑 속 동전들의 무게가 늘어갈수록

웃음꽃 활짝 피던 경로당 화투놀이

어머니 앞주머니 속 친구 같은 보물이다

응급실 실려 갈 때도 살뜰하던 그 지갑엔

만 원권 지폐 두 장 막내딸 명함뿐이더니

서랍 속 홀로 남겨져 어머니를 기다린다

저승꽃 여인

어린 사남매 두고 남편이 떠나간 뒤

과수원 고랑 고랑 옥수수를 심어 놓고

날마다 그 밭에 나가 숨어 울던 그 여인

무성한 시름 걱정 사랑으로 여물던 날

아이들 웃음꽃이 해와 달을 품었을까

그 여인 가슴에 피는 어둠 같은 저승꽃

애첩 이야기

짝동무 숙이 아버지 애첩을 데려와선
본처에게 밥을 지어 겸상 차려 내라 했네
하굣길 뿔이 난 숙이 부리나케 뛰었다네

마루 밑 숨은 동무 장대를 휘둘러서
교잣상 차린 밥상 단숨에 엎어버렸네
애첩의 빛 고운 한복 반찬 국물 덮어섰네

산으로 도망을 쳐 날 저물기 기다릴 때
어머니 옷을 빨아 곱게 다려 바친 마음
골목길 빠져나가는 그림자도 미웠다네

길가의 돌부처도 시앗 보면 돌아앉는데
시앗을 꽃방석에 앉혀주던 숙이 엄마
한 번은 그 꽃방석에 앉아나 보았을까

노을 보며

늦가을 찬 서리에
가지도 시들하고

틀니로 곱게 씹던
울 엄마도 떠나시고

저물녘
장엄한 최후
한 생애의 적막함

감꽃 목걸이

앞마당 감나무 꽃
종을 단 듯 피어났네

바람이 종 울리면
깨어나는 열 살배기

실로 꿴
감꽃 목걸이
콧물 함께 먹었네

나무하기

보리밥 도시락에 한 사발 무청김치
엿방 맑은 조청에 찍어 먹을 보리건빵
한겨울 나무를 하며
먹던 점심 그립다

너럭바위 둘러 앉아 콧노래 불러가며
솔방울 감싸 쥐던 솔방울 같던 친구들
한 짐씩 솔향기 지고
고갯길을 넘어왔다

봉숭아 편지

뙤약볕 장독대에
소나기 지나간 뒤

일곱 살 눈망울들
올망졸망 눈을 떴다

주홍빛
꽃물 편지가
쉰 해 건너 배달됐다

양파

그대는 누구신가
눈물콧물 흘리게 하는

왜 이토록 서러움에 복받치게 하시는가

하늘은 또 어쩌라고
깊고 푸른 눈길인가

김씨 딸내미

딸 많은 친구 엄니 언제나 날 부를 때면
김씨 딸내미! 김씨 딸내미!
들을수록 정겹지요
내 가게 단골손님으로 십수 년이 됐습니다

상차림 기다리는 즐거움이 깊어질 무렵
까치 가족 앉아 있는
전깃줄 저 너머로
소나기 떠나간 후에 쌍무지개 떴습니다

창밖에 펼쳐지는 그 풍경이 너무 좋아
딸집 친구 엄니도
김씨 댁 딸내미도
좋은 일 생길 것 같아 마주보며 웃습니다

꿈 이야기

새로 산 운동화를 고이 모셔 자는 밤
도둑이 찾아들어 쫓겨 다닌 꿈을 꾸다
새벽녘 꿈 이야기로 식구들을 깨웠네

먼지라도 묻을까 봐 우쭐대며 등교하던 날
하굣길 신발장에 외롭게 남아 있던
걸레가 다 되어버린 신지 못할 운동화

해가 뉘엿 기울어도 꾸중들을 생각에
어두워져 터덜터덜 돌아온 그날 이후
새벽녘 꿈 이야기는 절대 하지 않았다네

농암대를 그리며

그윽한 눈빛으로 당신만 바라봤습니다
그 모습 일렁이는 그림자로 만날까하여
내 마음 물결이 되어
당신에게 갔습니다

우뚝 선 당신 콧날 협곡의 바위이기까지
이제는 보고파도 볼 수 없는 사랑 되어
저문 날 그 바위 하나
물 밑으로 섰습니다

폐허 속에서

불이 난 고물상에
죽음처럼 깊은 폐허

몇 마리 까마귀가
까악 까악 우는 날에

강아지
천진난만하게
햇살들과 놀고 있다

제 3 부

조팝꽃　사랑

하 얀　　나 비
해탈보다　멉니다
그 대　　창 가 에
손 가 락　　연 필
종　　이　　배
연필을　깎는 남자
달 빛　강 가 에 서
어 느　　봄 날 에
조 팝 꽃　　사 랑
당 신 의　　눈 썹
호　　　　　　수
소나기도　천둥도
툭　　　　　　，
풍　경　소　리

하얀 나비

그 사람
애창곡은
김정호의 하얀 나비

가슴이 저미도록 피 쏟듯 불러대더니

이제는
들을 수 없네
나비 되어 가버렸네

해탈보다 멉니다

올 때는
비옷으로
갈 때는
구름옷으로

무지개 걸어놓고
어디쯤 가셨나요

능소화
하늘 가는 길
해탈보다 멉니다

그대 창가에

빈집의 마당 한 켠
엉거주춤 핀 수선화

그 향기 차마 잊고
돌아서기 힘들어서

불 꺼진 그대 창가에
옮겨두고 왔어요

슬픔의 고원高原 끝에
봄이 다시 온다면

작은 노랑꽃으로
어여삐 피어나서

그대 앞 꽃물결 되어
출렁이고 싶어요

손가락 연필

비단 비질해 놓은
낙동강 모래밭도

강물이 비명 지르며
지나간 자리란다

그 위에
그대가 쓰는
이름 석 자 김 혜 원

종이배

때로는 여린 숨결도
슬픔으로 강을 놓아

심장이 뛰는 소리
적막으로 앉히고는

천년의
흰 종이배를
떠나가게 하느니

연필을 깎는 남자

잠을 잃은 밤이면
연필을 깎던 남자

골똘히 무슨 생각
깎고 또 깎은 걸까

휘영청
달 떠오르면
달빛 마음 그린다

달빛 강가에서

처서가 방금 떠난 달빛 내린 강가에서

그리운 이를 위해 다슬기를 잡습니다

한 그릇 진한 국물에

당신 마음 보입니다

가을이 오는 걸까 밤 기운이 차가운 때

쌉쌀한 듯 단맛 도는 시간 더욱 깊습니다

풀벌레 세상 울리 듯

시를 읊고 싶습니다

어느 봄날에

매화가 피었어라
향기롭다 않다기에

수선화 피었어라
어여쁘다 않다기에

올봄엔
무슨 꽃으로
그대 위해 필까요

조팝꽃 사랑

하동 십 리 벚꽃 길이
당신의 미소라면

쌍계사 좋은 법문
듣고 자란 조팝나무

봄볕에
눈처럼 녹는
당신의 우수랍니다

당신의 눈썹

벼논에 물이 들어
개구리 떼 울어 대고

완행열차 흐린 불빛
배꽃처럼 흘러갈 때

당신의
눈썹 사이로
초승달이 뜹니다

호수

호수에 내린 달빛
화선지를 펼쳐놓고

적막 반 물결 반으로
그대 향해 달려가면

그리움
먹물로 번져
얼굴 하나 그린다

소나기도 천둥도

양철집 지붕 위로
소나기가 지납니다

요란한 천둥소리
함께 오나 봅니다

그대는
어디에 계시기에
이 소리를 못 듣나요

툭,

적막의 그물 찢는
청개구리 울음 소리

저물녘 봉수대의
노을빛을 끌고 갈 때

석류꽃 붉은 입술이
달빛 향해
툭, 터진다

풍경소리

간밤에 거센 바람
비까지 내리더니

댕그랑 풍경소리
빈 통장을 스쳐간다

고맙다
깨어 있어라
일깨우는 죽비다

우체통 풍경

잠자리 눈에 비친 세상

큰 세상 보고 싶어
눈이 저리 클까요

하늘의 움직임을
모두 다 담아 내는

네 눈 속
탑으로 앉아
강건하게 살고 싶다

목련 사랑

꽁꽁 싼
허리춤의
긴장을 풀어 놓고

봄바람에
맡겨버린
그 입술 간지러워

아홉 겹
고운 살결이
하얀 옷을 벗는다

그대는 구름 위를 걷고

무쇠솥 눈물 맺혀
뚜껑을 비집는다

연기에 눈물콧물
어찌 이리 서러울까

그대는
구름 위 걷고
이내는 불 지핀다

복 없는 쥐

어머니 첫제사에 고이 올려 드리려고
통통하고 때깔 좋은 대추 골라 놓았더니
아뿔싸 한 마리 쥐가 씨만 남겨 놓았다

다음날 찍찍이에 멸치로 덫을 놓고
기다린 쥐새끼는 꼬리 흔적도 없고
비 맞은 어린 참새만 버둥대다 날아갔다

이번에는 단수 높여 사탕처럼 달콤한 약
서鼠생원 입맛 맞춰 선반 위에 두었더니
밥 한 술 못 빌었는지 통을 갉고 삼켰구나

고놈의 복 없는 쥐 네 죄를 네 알렸다
한번은 다 죽는 법 서러워 마시게나
젯상에 올릴 대추를 탐한 죗값 받음이다

마음을 복제하다

그리운 얼굴 하나
마음을 훔쳐 와서

보고픈 가슴앓이로
새벽 창을 열어 놓고

베란다
붉은 인동꽃
그 마음을 복제하네

어느 아침

보랏빛 용담 한 채
피어난 마당 저 편

그 곁에 내려앉은
달빛을 마주하다

밤이슬 젖은 머리를
말려가는 새아침

부산 떤 봄 햇살이
오가는 길 말려 놓고

전깃줄 까치 한 쌍
목 놓고 울어대는데

그대는 기별도 없이
어디쯤에 오시나요

청개구리 날다

화분 위 창문틀에 봄 햇살이 떨어지는
청개구리 한가롭게 졸고 있는 봄날 오후
휘리릭 바람난 바람 난초 잎을 흔들었다

여름의 대지 위에 장맛비 퍼 부으면
왕성한 생명력에 지청구 해대는 듯
풍경도 소리를 낮춰 연잎 한 장 펼쳐줄까

잎마다 단풍 들어 황홀경을 펼쳤는데
달빛에 비친 너는 자꾸만 야위어가고
적막이 산처럼 자라 그리움을 덮었구나

혹독한 겨울 바람 미처 떠나지 못한
앙상한 매화 가지 취한 듯이 매달렸다
왜 하필 매화였을까 눈도 높다 너란 놈

달밤, 영남루에서

오래 된 단상들이
밤물결로 출렁이며

악보에 그려가는
한 선비의 줄무늬들

그 위에 어둠을 풀어
통점들을 앉힌다

철 이른 귀뚜라미
울음도 반쯤 꺾여

허공에 기댄 아랑각
달빛 뒤에 숨었는가

그대는 누구시기에
이리 더디 오시는가

얼레지

네 꽃말 바람난 여자
어디에서 찾을까

야윈 허리 휘청이며
유혹하는 몸짓이지만

도도한
은둔자란다
울지 않는 꽃이란다

선운사 동백

선운사 범종소리
산허리를 휘어돌다

뜨락에 늙은 가지
눌러앉아 놓치는 때

동백꽃
합장하면서
새벽잠을 깨웁니다

우체통 풍경

배불뚝이 우체통이
담장 옆에 졸고 있다

미처 보내지 못한
한 마을 안부들이

홍단풍
가지 흔들며
가을 풍경 띄웁니다

가을을 소각하다

사진 속 인물들이
빙그레 웃고 있다

어둠을 끌어안고
밤기차는 떠나고

들판의
매캐한 연기
이 가을을 소각한다

콩나물국밥

고물상 컨테이너
한쪽 켠 은밀한 곳

고양이 다섯 마리
분양하고 오는 새벽

한 그릇
콩나물국밥
눈물까지 따듯했다

개망초 사랑

밭고랑 하얀 망초 어여삐 피어나서
긴 장마 키만 올린 가냘픈 허리춤에
잠자리 고추잠자리
한가로이 앉아 있네

벌 나비 오고가고 숱한 날 지나가도
따스한 눈길 한번 주지 않는 사람아
밤이슬 젖은 꽃입술
달빛 아래 눈부시다

할머니 손

장독 안 홍시 몇 개
고이 넣어 두었다가

외손녀 고사리 손에 쥐어 준 주홍빛 마음

할머니
거친 주름 손
아직도 따뜻해요

바라나시에서의 하루

개와 소 지나간 길 먼지와 뒹굴다가
한낮의 태양 아래 한가로이 잠이 드는
갠지스 등잔 꽃 속에 소원들이 피어난다

죽음을 앞에 두고 열린 성스러운 세계
신에게 이끌리듯 갠지스에 다시 서서
흐르는 강물 앞에서 축복의 뜻을 받는다

*바라나시: 인도 갠지스 강이 흐르는 힌두교의 성지.

제 5 부

요양원 가는 길

피자가 있는 저녁

먼지가 풀풀 날린 옷차림의 중년 남자
피자 한 판 시켜 놓고 게임에 빠져 있다
눈빛은 총총해지고
손놀림은 빨라지고

하루를 마감하는 말줄임표 미소 속에
꼬깃한 하루 일당이 피자로 둔갑한다
고맙다 오늘도 안녕
무사하게 건넜구나

오지에서

떠가는 뭉게구름
깃털 여럿 떨궜을까

하얀 감자꽃이 피어나는 오지의 밤

깊어진
잡새들 소리
애간장을 파고든다

허난설헌 묘에서

어미 곁에 함께 있는
나란한 낮은 봉분

늦도록 불빛 세며
무슨 얘기 나눴을까

오늘도
못 다한 얘기
별빛으로 쏟아진 밤

*허난설헌 묘 옆에 어려서 죽은 자녀의 묘가 나란히 있다.

약손

거친 손등에다
손마디는 비뚤비뚤

손금에 새긴 무늬
지우는 시간의 꽃

눈물도
보석 같아라
엄마 손은 약손이다

청년 실업

언 땅을 뚫고 나와
해와 달을 품은 그대

노란 버짐꽃들이
여기저기 피어올라

춘삼월
최저 시급과
술래잡기 하는 봄

어느 노인의 고백

첫 애 낳고 삼칠일도 안 지난 날이었어
너무나 배가 고파 친정집을 찾아갔어
흰쌀밥
아랫목 생각에
몇 리 길을 걸어갔다

강원도 골짝 바람 뼛속을 후빌 때도
애 먹일 젖은 돌아 밤톨처럼 쑥쑥 자라
밥벌이
잘하고 있으니
이만하면 잘 키웠제

할머니의 곶감

곶감을 너무나도 좋아했던 그 할머니

어느 가을 저물녘 찬 서리 내리던 날

열여섯 맨발의 청춘 먼 풍문을 따라갔다

그 이후 진달래꽃 수십 년 피고지고

고향집 우물가의 감나무도 늙었는가

먼 기억 곶감 분처럼 세월 속에 흩날린다

까미

고물상 길모퉁이 버려진 어린 까미

한 줌의 주먹 먹이에도 고맙게 받아먹고

두 마리 새끼를 낳아 애틋하게 기른 까미

한 마리 시름시름 앓다가는 먼저 가고

또 한 마리 개에 물려 뒤따라 떠나갔다

까미의 찢어진 가슴 그 터마저 비웠다

별빛이 총총하게 쏟아지던 그 가을 밤

그 또한 개에 물려 동물병원 전전하다

모진 생 홀로 마감한 유기견 까미, 까미

복숭아와 할머니

청도역 골목 어귀
거북등 할머니 손

복숭아 몇 소쿠리
뙤약볕에 벌려 놓고

소주병
타는 가슴은
무엇으로 막을건지

새야 새야

키 작은 나뭇가지 둥지를 튼 새야 새야
애지중지 품은 알이 세상 빛을 만나는 날
어미 새 하늘을 뚫고 기쁨으로 날았다네

치켜든 주둥이에 먹이를 넣어줄 때
은밀히 기어오는 물배암의 먹이 사냥
한순간 비명이 일고 그 둥지는 가벼웠다

졸지에 새끼 잃은 어미 새 울음 소리
산 하나를 돌고 돌아 메아리로 돌아와서
장맛비 통째로 맞는 새야 새야 어미 새야

숨은 그림 찾기

예쁜 가을 보고 싶어 담쟁이를 심었네
타는 듯한 여름 볕에 쓰러질까 받쳐주고
새 잎이 무성하도록 지성으로 보살폈네

어느 아침 잎은 없고 줄기만 남았기에
숨은 그림 찾아보니 벌레들이 숨어 있네
아니지, 손가락만한 불한당들 숨어 있네

뜻밖의 불청객들 남의 꿈을 짓밟다니
초록이 동색이라도 적敵이 벗은 아니어서
나락논 저 멀리 던져 개구리들 밥 주었네

요양원 가는 길

등 떠민 가을바람 나뭇잎을 굴려가고
가로수 줄을 서서 키를 한 뼘 낮춰 가면
저 멀리
장례식장엔
축제처럼 불이 밝다

지난 날들의 상처 한없이 울어 대다
길가에 툭 떨어져 버둥대는 매미처럼
동공 속
잔상이 되어
하늘빛이 번져간다

찢기고 문드러진 이 가슴을 어이할까
노파가 동냥하는 등 뒤로 저무는 해
흰 웃음
실성한 듯이
저 외길로 뻗어 있다

요양원의 요가수업·1

꼬부랑 산길 끝에 숨어 있는 그 요양원
세상에서 잊힌 오지 숲처럼 적막해서
할미들 오래된 삶이 새장 속에 살아간다

세상에 지은 죄도 큰 잘못도 없었는데
이곳에 왜 왔는지 알 수 없는 표정 속엔
한 서린 지난 일들이 노래처럼 흘러간다

날마다 요가 시간 손꼽아 기다리며
할미들 손뼉 치다 못 추는 춤도 추는
어린 날 학예발표회 같은 웃음소리 넘쳐난다

선한 눈빛들 속에 그리움 묻어두고
거친 손 마디마디 꼭 움켜쥔 삶의 애환
꽃처럼 가시는 날엔 내려두고 가소서

요양원의 요가수업·2
—백산 할매

빨래도 널었는데 빨리 가서 걷어야지
해 지는데 우리 영감 밥해 주러 갈란다
한시도
벗지 못하는
백산 할매 고무신

진자주색 벗은 신을 가슴에 꼭 끌어안고
문 열리기 기다리다 지쳐서 잠이 들면
텅 빈 집
마당 가운데
키만 올린 달맞이꽃

요양원의 요가수업·3

—고함 할배

이 상황 이 현실을
자신을 용서 못해

요양원 복도 중앙
고래고래 고함치는

할배의
눈물 속 비친
지워버린 날들인가
.

인간을 중심에 두고 사유하는 시세계

오종문_시인

인간을 중심에 두고 사유하는 시세계

오종문_시인

1. 밀양 통신

　김혜원 시인이 2009년 〈시조세계〉 신인상 등단 12년 만에 첫 시조집 『나를 낮춰 너를 보리라』를 세상에 내놓는다. 시력에 비하면 과작인 73편의 시편들은 인간을 중심에 두고 삶의 풍경을 만지거나 질문을 던지고 읽어내면서 사유한다. 시편들은 어렵거나 현학적이지 않고 한 폭의 그림처럼 선명할 뿐 아니라 잘 우려낸 시인의 마음을 시조의 찻잔에 담아 향기를 전해준다. "5월은 모든 것이 다 열리는 달"이기에 "잘 여물 희망 위에 또 다른 마음"을 얹어 하나씩 "실사 출력해"서 걸어 놓고 세월의 문턱을 잘 넘어온 사람들에게 고마움과 감사의 안부를 전한다. 지금까지는 "실력도 낯 뜨거운 무명의" 시인처럼 살았지만, 이제는 "오롯한 시인의 깃발 높이 치켜 올"리겠다고 선언한다. 청순하고 깨끗한 생명의 숨결과 인

고의 삶에서 채굴한 이야기를 통해 소중한 사람들을 기리고 기억하면서 사랑하는 사람들에게 오월의 「밀양 통신」을 띄운다.

2. 단시조 상상력의 미학

김혜원의 단시조 미학은 수용자에게 행간을 읽어가는 상상력을 제공한다. 삶의 본질에 대한 깨달음을 시인의 상상력이 허락하고 있다. 이 상상력의 산물에 깊이와 미묘한 의미를 제공하는 것이 있다면, 그것은 시인의 세련된 감성이다. 특히 완성도 높은 시의 탄생을 위해 수고스러움을 아끼지 않는다. 시어를 고르고 갈고 닦아 보석처럼 빛나게 한다. 그래서 그녀의 시에는 정성과 시간, 마음이 고스란히 담겨 삶의 언어로 표현된다.

늦가을 찬 서리에
가지도 시들하고

틀니로 곱게 씹던
울 엄마도 떠나시고

저물녘
장엄한 최후
한 생애의 적막함

　　　　　　　　　　　　　　　　　　　─「노을 보며」 전문

제재인 '노을'의 숨겨진 의미에 '노을'의 상징적인 이미지를 감각적으로 묘사한다. "늦가을 찬서리"를 맞는 "가지도 시들고" 어머니마저 떠나 혼자라고 생각되는 때의 지는 노을을 "장엄한 최후"로 묘사하면서 "한 생애의 적막함"으로 읽어낸다. 떠오는 해의 노을은 장엄하지만, 지는 해의 노을은 아름답다고 하는 게 더 정직한 표현이다. 지는 게 아니라 하늘을 물들이고 지상에 스며들면서 사람의 내면에 젖어 든다. 선명한 붉은 빛의 상징성은 어둠이 곧 온다는 것과 하루의 마감을 알리는 예고이다. 그래서 사람들은 다양한 감정을 대입하여 붉은 노을의 의미를 찾아낸다. 그것이 아쉬움, 그리움, 적막함 등으로, 또 다른 감흥으로 사람 마음에 스며든다. 전부 불타 하얗게 된 시인의 정신과 육체적 상태가 담겨 흘러간다. 그래서 노을을 보고 있으면 슬픈데 아름답다고 느끼는 것이며, 슬픈 것이 아름다울 수만 있다면 더는 슬픔이 아니기에 명징한 노을이다.

한 마리 청개구리
연잎에 앉았다가

연못에 뛰어들까 말까
고민하는 잠깐 사이

고요는 더 깊어지고

물결은 더 높아졌다

─「연꽃과 청개구리」 전문

한국화를 보는 듯하다. 북송 시인 소식蘇軾의 "시 속에 그림이 있고, 그림 속에 시가 있다(詩中有畵 畵中有詩)"라는 말보다는 세종 때의 학자 성간成侃의 "시는 소리 있는 그림이요, 그림은 소리 없는 시(詩爲有聲畵 畵乃無聲詩)"라는 표현이 더 어울리는 작품이다. 연잎 위 청개구리는 언젠가 연못에 뛰어들 것이고, 바람이 불면 연못의 물결이 높아지는 것은 당연하다. 그런데도 "연못에 뛰어들까 말까"를 고민한다는 감각적인 표현은 "고요는 더 깊어지고/ 물결은 더 높아졌다"라고 무심한 듯 가볍게 툭 던지면서 이어진다. 이처럼 김혜원의 단시조는 무거운 것들의 존재를 전혀 무겁지 않게, 마치 선시禪詩처럼 깨달음의 성찰을 통해 얻은 삶의 지혜를 회화성 짙은 간결한 단시조의 미학으로 풀어낸다.

호수에 내린 달빛
화선지를 펼쳐놓고

적막 반 물결 반으로
그대 향해 달려가면

그리움

먹물로 번져

얼굴 하나 그린다

—「호수」 전문

'그대'는 떨리는 가슴과 두근대는 심장에 이름을 붙여놓고 의미를 부여하는 마음에 그려 넣는 사랑이다. 호수의 달빛을 화선지처럼 펼쳐놓고 그리는 얼굴이며, 어떻게 그릴까 고민하다 "적막 반 물결 반으로" 다가서는 그리움이다. "눈물 콧물 흘리게"하고 "서러움에 복받치게"하는 "깊고 푸른 눈길"(「양파」)을 주는 사람이다. 아니 "휘영청 달 떠오르면" 그대가 너무 그리워 연필심이 다 닳도록 그리다가 「연필을 깎는 남자」이다. "때로는 여린 숨결도/ 슬픔으로 강을 놓"고 "심장이 뛰는 소리/ 적막으로 앉"(「종이배」)혀 천년의 깊고 고요한 강을 떠나는 그대이다. 세상 사람 누구나 다 가슴에 사랑을 담아두고 살지만, 내게 다가서는 사람, 내가 다가가고 싶은 사랑하는 그대이다. 생리학적 사랑의 경계를 넘어선 인지적 노력에 의한 인간다운 사랑, 그 사랑을 얻은 후에도 계속 원할 수 있는가를 묻는다. 다양한 형태로 나타나는 사랑의 의미를 통해 자신보다 훨씬 위대한 것과 연결하면서 인간의 심성을 시로써 사유한다.

3. 엄마와 딸의 연결 고리, 공유와 공감

엄마와 딸의 관계는 특별하다. 외모나 성격, 환경, 유

전자 등을 공유하는 것 이외에도 여자라는 공통분모가 있다. 그렇지만 모녀 관계는 시간 앞에 어머니의 죽음을 받아들이고, 딸은 또 그 딸을 자신의 일부처럼 여기고 밀착하며 살아간다. 사랑하고 공감하고 많은 것을 공유하면서 엄마가 되는 것을 미덕으로 여기며 키워지고 행사된다. 이 가치는 폐기해야 할 성질의 것이 아니라 재구성되어야 할 가치로 여긴다. 특히 「그 여자의 가을」은 쉽게 만날 수 없는 아름답고 이상적인 모녀의 관계를 보여준다. 이성 간 느끼는 떨림이나 긴장, 두근거림이 아닌 엄마와 딸 사이에 느끼는 공감은 사람들을 연결해서 서로 의지하고 소통할 수 있게 해준다. "가을볕 그림자가 길어지는 오후 네 시"에 노모가 나이 든 딸의 새치를 뽑아주는 행위는 "딸자식 허물까지도"다 뽑아 내주고 싶은 강렬한 어머니의 사랑이다.

잘 여문 씨 마늘을 하나하나 쪽을 낼 때

당신은 병실 한 켠 세상 시름 놓으시고

서너 평 눈물의 땅에 마늘밭을 일구었다

혹한의 겨울나기 몸은 벌써 문드러져

촉 내고 새끼 치고 알싸한 맛 되기까지

그 매운 세상살이를 고랑 치듯 살아왔다

손가락 마디마디 굽은 길 놓던 세월

마늘 엮듯 접을 지어 시렁에 걸어두고

때까치 울어대는 날 오시는 듯 가셨다

— 「어머니의 마늘」 전문

  어머니에게 자식은 마늘 같은 농사다. 그런데 병을 얻
어 마늘 농사를 지을 수 없게 된 어머니 대신 김혜원은
마늘을 심으면서 어머니 삶을 이해하고, 그 일생을 서너
평 병실로 환치시킨다. "잘 여문 씨 마늘"을 심고, 오랜
시간 땅속에서 견딘 시간만큼 단단해져 "촉 내고 새끼"
친 자식들이 "알싸한 맛"을 내면서 세상을 잘 살고 있는
것은 "매운 세상살이"를 고랑 치듯 살아온 어머니의 희
생과 노력 때문이었다면서 가슴으로부터 전해지는 감사
의 말을 올린다. 그런 어머니가 "굽은 길" 세월을 견디다
병원에 입원해 세상 미련을 "마늘 엮듯 접을 지어" 놓고
새끼에게 맹목적 사랑을 주는 "때까치 울어대는 날" 떠
났다면서 어머니의 큰 사랑을 그리워한다. 이처럼 어머
니를 그리워하는 시편들은 시조집 곳곳에서 만난다. 「잡
초 만발」에서는 어머니의 부지런함과 빈자리의 무게를
잡초에 비유하고, "세월의 무게만큼 휜 허리"로 새벽부

터 잡초를 뽑다 병원에 입원하는 사단을 만들었지만, 식
물은 사람의 발소리를 듣고 자란다는 것을 알기에 원망
할 수도 없다고 말한다. 또「동전 지갑」에서는 "응급실
을 실려 갈 때도" "만 원권 지폐 두 장 막내딸 명함뿐"
이었는네, 주인 없는 서랍의 동전 지갑을 통해 어머니의
간결한 삶과 살뜰한 성격 등 각별한 그리움을 표출한다.
그리고 엄마의 손은「약손」이라면서 "거친 손등에" "손
마디가 비뚤비뚤"해지도록 땅을 일군 거친 손으로 아픈
배를 쓸어주는 어머니의 사랑을 느끼면서 "사람의 발길
소리 끊어진 지 오래"된「옛집」은 홍매가 지키고, 마루
밑 검정 고무신이 주인을 기다린다면서 집안에 어머니
의 손길이 닿아 생기를 되찾았으면 하는 희망과 함께 아
버지에 대한 애틋한 마음을 붉은 인동꽃으로 소환한다.

　　그리운 얼굴 하나
　　마음을 훔쳐 와서

　　보고픈 가슴앓이로
　　새벽 창을 열어 놓고

　　베란다
　　붉은 인동꽃
　　그 마음을 복제하네

　　　　　　　　　　　　　　　—「마음을 복제하다」 전문

헌신적 사랑의 상징성을 가진 붉은 인동꽃을 통해 아버지를 소환하고, '아버지의 사랑'을 의미하는 붉은 인동꽃을 보며 "그리운 얼굴"인 아버지의 강인한 마음을 복제해낸다. 인동꽃을 통해서 아버지의 강인하고 질긴 삶을 오월의 푸르름 속에서 기억하게 한다. 이처럼 김혜원에게 부모란, 가족이란 미워할 수도 베어낼 수도 없는 피로 이어진 관계이다. 자식에 대한 부모의 애정과 사랑은 불변이기에 싱그러운 생명력이 더욱 찬란하고 아름답게 회상된다. 그렇기에 가슴 속 큰 바위로 앉았다가 어느 날 쑥 빠져나간 허전한 그 자리에 시를 채운다. 그리고 그 시를 통해 사랑은 지속적인 노력으로 완성되어가며, 노력 없이는 아무것도 얻을 수 없다는 메시지를 전한다. 아니 가슴 속에 사람이 온다는 것은 그리움의 추억을 소환하는 일로, 사랑을 시작하면서 그 사랑의 끝은 결정된다는 게 김혜원의 사랑법이다.

4. 차茶로부터 배우는 겸손

꽃 피는 봄날이면 연둣빛 너도 보여

햇살에 춤을 추듯 바람에 술렁이듯

이 돌산 찾는 발걸음

잎잎마다 축복이다

손끝에 전해지는 보드라운 너의 감촉

무딘 손 여린 살을 신명 나게 보듬다가

뜨거운 무쇠솥에서

생잎 덖는 사랑놀이

비비고 숨아내고 말리는 멍석 위에

상처나 진한 향기로 보답하는 너의 헌신

찻자리 아득한 향기

나를 낮춰 너를 보리

―「나를 낮춰 너를 보리」 전문

깊은 맛을 내는 녹차 향을 통해 겸손함에 이르는 성찰의 이 시조는 표제작이기도 하다. 사람의 손이 많이 갈수록 차 맛이 깊어지듯 사람의 정성과 혼을 담아내는 전통 제다법製茶法을 비유해 인간의 심법心法에 접근한다. 김혜원은 차밭을 경작하면서 어떤 찻잎을 따고, 말리고, 덖고 비벼야만 향이 깊은 녹차가 만들어진다는 것을 안다. 그렇기에 찻자리에서 "아득한 향기"를 대하면 "나를 낮춰 너를" 보게 된다. 특히 독자와 공감하는 시는 깊은 맛의 녹차처럼 사람의 혼을 담아내는 노력과 정성이 필요함을 상기시킨다. 시인의 사명을 직무유기하고 있다는 죄책감에 더 겸허해지는 마음일까. 세상이 자신에게 던지는 질문에 대해 "한순간/ 넘친 마음도/ 그 아래로 앉는다"(「차나무 아래 앉다」)라는 답을 얻기까지, 그녀가 살아온 시간의 함축이 바로 시이며 삶의 모습이라는

것을 보여준다. 이러한 삶의 모습은「잠자리 눈에 비친
세상」을 통해 드러난다. "하늘의 움직임을/ 모두 다 담
아"내기 위해 현실 세계의 삶에 시의 사다리를 놓는다.
"불이 난 고물상에" "천진난만하게/ 햇살들과 놀고 있"
(「폐허 속에서」)는 강아지를 바라보는 시선을 가졌고,
"고물상 컨테이너/ 한쪽"에서 태어난 고양이를 "분양
하고 오는 새벽" 한 그릇의 "콩나물국밥"을 통해 "눈물
까지 따뜻"(「콩나물국밥」)해지는 훈훈함을 느끼고, "나
뭇가지 둥지를 튼 새"(「새야 새야」)가 새끼에게 먹이 주
는 순간 뱀에게 새끼를 잃고 울부짖는 어미 새의 슬픔을
공감하는가 하면, 새끼를 잃은 유기견이 개에 물려 생
을 마감한「까미」를 통해 반려동물에 관한 관심의 시선
을 모은다. 그런가 하면 "택배기사 수고로움에"(「택배」)
대한 고마움으로 물 한 잔 건네주고 싶은 따듯한 마음과
"최저 시급과/ 술래잡기하는 봄"(「청년 실업」)을 읽을
줄 알고, "청도역 골목 어귀"에서 복숭아를 파는 "거북
등 할머니 손"(「복숭아와 할머니」)을 통해 초고령사회의
어두운 그늘을 읽어낸다. 또「요양원 가는 길」,「요양원
의 요가수업」1, 2, 3을 통해서는 시설에 요양하는 치매
노인들의 현상을 보여준다. "빨래도 널었는데 빨리 가서
걷어야지/ 해 지는데 우리 영감 밥해 주"러 가기 위해 신
발을 안 벗는 백산 할매와 "이 상황 이 현실을/ 자신을
용서"하지 못해 "요양원 복도 중앙"에서 고함을 지르는
할배의 눈물, 그리고 "할미들 오래된 삶이 새장 속에" 갇

혀 살다 결국에는 "꽃처럼 가시는 날엔 내려두고 가"라는 시인의 목소리에 울컥한다.

5. 은유 혹은 상징으로 피워낸 꽃의 이미지

꽃은 문학의 소재로서 시인들이 즐겨 창작한다. 계절마다 피는 다양한 꽃 색깔과 향기 위에 상상력을 더하고 창작자의 경험을 개입시켜 상징성을 부여한다. 이처럼 김혜원은 꽃의 색채와 향기 등을 아름답게 시화詩化시키고, 꽃의 단순한 미적 상징을 새로운 상징의 차원으로 상승시켜 의인화하는 인간적인 면모로 은유 된다. 꽃의 원관념보다는 사물, 사건, 관념 또는 사람이 중심이 되는 것을 상징화한다. "초등학교 시절 밀양 읍내에서 해마다 열리는 축제 백일장에서 「꽃」이란 작품으로 상을 받았습니다. 이 시구는 오늘의 나를 만들어준 희망의 큰 산이 되었습니다"라고 '시인의 말'에서 밝혔듯이, 이 시조집에도 꽃을 주제로 한 많은 시편이 상징화되어 피어난다. '연꽃, 능소화, 감꽃, 봉숭아, 조팝꽃, 목련, 얼레지, 동백, 개망초' 등 꽃을 주제로 한 작품과 '홍매, 벚꽃, 민들레, 감꽃, 봉숭아, 수선화, 배꽃, 석류꽃, 인동꽃, 용담꽃, 달맞이꽃' 등을 작품 속에 은유하거나 이미지화한 작품을 만난다.

꽁꽁 싼
허리춤의

긴장을 풀어놓고

봄바람에
맡겨버린
그 입술 간지러워

아홉 겹
고운 살결이
하얀 옷을 벗는다

─「목련 사랑」 전문

   이 시를 읽고 있으면 온몸이 긴장된다. 3장의 단시조
이지만 각 장이 긴밀한 연계성을 가지고 사랑이라는 목
련꽃을 피워낸다. "꽁꽁 싼/ 허리춤의/ 긴장을 풀어놓
고"라면서 꽃의 개화를 암시하고, 세밀한 관찰력을 통
해 목련이 피는 순간을 '아홉 겹/고운 살결이/ 하얀 옷
을 벗는다'라면서 농염하면서도 내밀하게 마무리한다.
임을 위해 모든 것을 내던지는 여인의 숭고한 마음을 목
련꽃으로 승화시킨다. 또 「툭,」에서는 노을을 "석류꽃
붉은 입술"로 은유하고, 잘 익은 석류가 벌어지는 현상
을 두고, 사람들에게 그냥 내뱉듯이 달빛 아래서 석류가
"툭, 터진다"라고 말한다. 자연의 순리에 시인의 마음을
적극적으로 개입시켜 마음을 이입하고 있다. 그리고 나
라를 망하게 한다는 불명예스러운 이름을 가진 망초亡

草,「개망초 사랑」에서는 벌 나비의 사랑과 함께 인간으로부터도 사랑받고 싶다고 말한다. 나도 꽃이니 "따스한 눈길 한 번" 달라고 애원하는 듯한 마음을 표현하고, 마당에 핀 "보랏빛 용담 한 채"(「어느 아침」)를 보면서 사랑하는 이를 기다리는 마음을 읽는다. '당신이 힘들 때 나는 사랑한다'라는 꽃말처럼, 내가 지금 당신을 너무 보고 싶어 힘들게 기다리는데, 그대는 어디에 있기에 기별도 없느냐고, 지금 어디쯤 오고 있느냐며 보고 싶은 마음을 절절하게 표현한다. 이러한 마음은 「능소화 편지」에서 좀더 적극적으로 표현된다.

외로운 날의 눈물
홀로 서지 못합니다

주홍빛 향기 두고
차마 울지 못합니다

가슴에
못 묻는 답장
바람으로 띄웁니다

—「능소화 편지」 전문

사랑하고 그리워함에도 만날 수 없는 사람, 임 향한 간절한 마음을 상징하는 능소화의 아름다운 이야기를 시화하고 있다. 임이 너무 보고 싶어 눈물 흘리는 날에는 "홀로 서지 못"하고, 선명한 당신의 사랑(향기)을 생각하면 울 수도 없다. 당신은 날 잊었는지 모르지만 내 사랑은, 당신을 그리워하는 내 마음은 너무 아파 울지도 못한다. 그런 임에게 꼭 하고 싶은 말들이 너무 많은데, 만날 수 없기에 바람편에 전한다는 애절함이 절절하게 묻어난다. 또「옛집」에서는 "사람의 발길 소리 끊어진 지 오래된 집"을 지키는 붉은 마음을 홍매로, 마루 밑 검정 고무신의 쓸쓸함을 개망초잎으로, 다시 돌아오겠다는 염원을 민들레를 통해 보여준다.「연꽃 바람」에서는 세속을 초월한 깨달은 경지나 완성의 경지를 의미하는 백련의 꽃그늘을 부처의 넉넉한 마음과 극락으로 은유하고, 쌍계사 화려한 벚꽃은 "당신의 미소"이지만, 날마다 좋은 법문을 듣고 자란 조팝꽃은 "당신의 우수"(「조팝꽃 사랑」)라는 중생으로서의 괴로움을 표현하기도 한다. 그리고「선운사 동백」 '선운사 범종 소리'를 통해서는 부처에게 귀의하는 불심을 읽는다.

감꽃(「감꽃 목걸이」)에서는 열 살 무렵의 감꽃 목걸이 추억을 떠올리고, 봉숭아(「봉숭아 편지」)를 통해서는 일곱 살 적 손톱에 물들이던 꿈 많던 소녀 시절의 아련한 추억을 쉰 해가 지나 소환하고, 고결하고 자존심 강한 수선화를 통해 "그대 앞 꽃물결 되어/ 출렁이고 싶어요"(「그대 창가에」)라며 사랑을 고백하고,「어느 봄날에」서는 눈 속에서 꽃을 피우는 매화 향기도 싫고, 봄소

식을 전해주는 어여쁜 수선화도 마음에 들지 않으면 내 몸에 사랑의 봄꽃을 피우겠다는 적극성을 보여주기도 한다. 그런가 하면 봄꽃의 여왕「얼레지」를 "바람난 여자"라는 놀라운 관찰력에 이른다. 꽃이 핀 자태를 여인의 치마가 바람에 젖혀지는 장면의 요염한 꽃으로 표현해 독자의 상상력을 자극하는가 하면, 가는 허리를 휘청이며 뭇사람들을 유혹하는 "도도한" 꽃이고, 멸종위기의 꽃이기에 "은둔자"의 꽃이며, 그 자태와 자부심 때문에 "울지 않는 꽃"이라는 상징성을 부여한다. 또「당신의 눈썹」을 통해서는 배 밭에서 일하다 바라본 "완행열차 흐린 불빛"을 두고 바람에 흩어지는 "배꽃처럼 흘러" 간다고 표현하고, 사랑하는 이의 아름다운 눈썹을 초승달로 묘사한다. 그리고 화전민의 궁핍하지만 평화로운 삶을 "하얀 감자꽃이 별을 다는 오지의 밤"(「오지에서」)으로 표현하면서 가난을 구제하는 꽃의 이미지로 환생시키기도 한다. 또「요양원의 요가수업 2」의 달맞이꽃을 통해 치매 노부부의 절절한 사랑 이야기를 전해준다. 이처럼 김혜원은 꽃의 이미지를 시로 끌어와 사람의 마음에 꽃을 피우고 읽는 사람의 마음에도 꽃을 피운다. 아니 시인의 마음에 은유되어 다양한 상징으로 부활한다.

6. 마무리

시가 창작자와 수용자 사이의 공감적 끌림을 전제로 이루어진다고 볼 때, 세상을 바라보는 김혜원의 시선과

짧게 이미지를 연출하는 능력은 탁월하다. 한 편의 시를 하나의 이야기만으로도 인간의 감정을 자연과 소통시킨다. 김혜원의 시편들을 읽을 때면 어떻게 시가 창작되고, 시 세계가 탄생하는지를 보여주고, 얼마만큼 마음속까지 예리하게 파고들어 갈 수 있는지, 한 폭의 그림처럼 어떻게 독자와 공감하는지를 보여주는 언어의 부드러움에 전율한다. 김혜원은 인간의 삶이 눈에 보이는 결정적인 계기를 통해서 만들어지는 것이 아니라, 사실은 우리가 자각하지 못하는 무수한 대화와 만남과 상황 속에서 창작되고 성숙되는 것이 인간이라는 사실을 이 시조집의 시편들을 통해 보여준다. 우리가 잊고 살았던 사람과 자연, 우리를 둘러싼 '공간'을 이야기한다. 사라져가는 것들, 쉽게 잊힐 것들, 하지만 한때 나를, 당신을, 우리를 아프게 했던 기억을 소환해 시조로 승화시킨다. 많은 이들이 지나쳤던 대상을 따뜻한 시선으로 바라보고 기록함으로써 새롭게 불러온다. 우리에게 익숙한 공간들이 낯설고 새로운 장소로 느껴지면서 사회가 더 각박해지고, 참을성 없고, 충동적일 수밖에 없어 마음의 병을 앓고 있는 오늘, 김혜원의 시조집이 던져주는 신선한 사유는 새로운 앎과 평화로움의 여행으로 안내한다.